C000023081

FOLIO
JUNIOR

Ce texte a été précédemment publié dans la revue
Je Bouquine (Bayard Jeunesse), en mai 2001

© Éditions Gallimard Jeunesse, 2002, pour le texte et les illustrations
© Éditions Gallimard Jeunesse, 2008, pour la présente édition

Jean-Noël Blanc

Chat perdu

Illustrations de Jean-Claude Götting

GALLIMARD JEUNESSE

Chapitre 1

La voiture n'avait pas encore parcouru cent mètres que Rodrigue eut tout à coup le sentiment d'un malheur. Un coup d'œil sur le siège de gauche, du côté de Claire, un regard vers papa et maman, à l'avant, un aperçu rapide de la plage arrière : rien. Pas de panier, pas de chat.

Il eut l'impression qu'un courant froid le saisissait à l'intérieur du ventre, remontait dans sa poitrine, menaçait de l'étouffer.

– Papa, on a oublié Balthazar.

Il n'avait même pas crié. Sa voix lui semblait venir de très loin, et il dut répéter pour se faire entendre.

– Papa, arrête-toi, on a oublié Balthazar.

Son père se retourna sans lâcher le volant.

– Balthazar ? Je croyais que tu t'en étais occupé quand on est remontés dans la voiture. Ne me dis pas que tu l'as oublié.

– Imbécile, dit Claire. Si tu avais laissé le chat dans la voiture, ça ne serait pas arrivé.

– On a oublié le chat ? dit la mère qui se retournait elle aussi.

– C'est Rodrigue, dit Claire. Il a voulu que Balthazar se dégourdisse les pattes tout à l'heure, quand on s'est arrêtés, et il l'a oublié quand on est repartis.

Le père donna une claque sur le volant, grommela un juron.

– Ce n'est pas possible d'être si bête.

– Même papa reconnaît que tu es bête, dit Claire en adressant une grimace à Rodrigue.

– Arrêtez de vous chamailler, dit la mère. Il

faut qu'on retourne là où on était, Balthazar n'a pas dû aller bien loin.

— Je ne peux pas faire demi-tour sur une route aussi étroite, dit le père. Il faut que je trouve un chemin de traverse. Sitôt que j'en trouve un, je m'arrête et on repart en arrière.

— Balthazar, dit Rodrigue.

Sa voix était toujours aussi frêle, et il ne parvenait toujours pas à parler plus fort. Le froid s'était à présent installé dans sa poitrine, dans sa gorge, dans ses veines et jusque dans les muscles de ses bras. C'était comme si un brouillard avait envahi chacune des cavités de son corps.

La voiture filait sur une petite route départementale bordée de fossés et de haies. Nulle part ne s'annonçait un endroit propice à une manœuvre, et chaque tour de roues éloignait Rodrigue de son chat.

Il restait immobile sur son siège. Figé. Incapable de remuer. Le regard fixe, les yeux écarquillés. Il n'imaginait même pas le chaton abandonné, miaulant peut-être à côté de son panier vide en attendant leur retour. Il ne pensait à rien d'autre qu'à ce nom, Balthazar, et il le répétait pour lui seul, sans ouvrir la bouche : Balthazar, Balthazar, Balthazar.

Je m'appelle « je ».

Les hommes me donnent un autre nom. Ils ne comprennent pas. Je m'appelle « je » parce que le nom d'un chat est toujours « je ». Et je fais ce que j'ai envie de faire parce que je suis un chat.

J'aime courir dans l'herbe et j'aime les caresses et je n'aime pas ce que les humains nomment les vacances. Dès qu'ils ont prononcé ce mot, « vacances », ils m'ont enfermé dans un panier. Ils sont venus alors que j'étais sur le lit de Rodrigue. Là où je dors d'habitude, à côté du jardin où je chasse d'habitude et pas loin de l'endroit où je mange d'habitude. Ils m'ont attrapé, l'homme qui a des moustaches et la femme qui a des chaussures qui claquent sur le carrelage, ils m'ont poussé dans le panier.

Pas assez grand, le panier. Je n'avais pas la place de me retourner. Et ça ne sentait pas mon odeur. Ni l'odeur des prés. Une odeur où j'étais mal.

Ils m'ont emporté. Au garage. J'y vais quelquefois quand la porte est ouverte sur le jardin. La pierre chauffe au soleil, je m'étends, je me roule dans la poussière sèche, puis je dors. Ou je chasse les souris. Mais pas cette fois.

Cette fois ils m'ont mis dans l'auto, et après je ne me rappelle plus. Si, l'odeur fermée. Et le mouvement, la vibration, le bruit. Tout bougeait. J'ai miaulé. Personne ne m'a ouvert.

J'entendais pourtant Rodrigue et Claire tout à côté de moi. J'avais envie de vomir. J'ai fait pipi, un peu. Le bruit et les vibrations ont continué. Longtemps. Vraiment longtemps.

Et puis tout s'est arrêté, et ils m'ont porté dans une pièce que je ne connaissais pas. On ne bougeait plus et il n'y avait plus ce vacarme. J'ai pu marcher. Accomplir le tour des murs. Inspecter partout.

Tout sentait autrement que là où je suis tous les jours. Sauf les habits de Rodrigue, qu'il avait posés sur le lit.

J'ai senti le pied de tous les murs et je me suis installé sous le lit. Dans le sombre. À l'abri. Et puis quand tout le monde est parti et que je n'ai plus rien entendu, j'ai sauté sur les habits. J'ai dormi.

Je suis resté là. Des jours et des nuits. Dans cette pièce. Dormant avec Rodrigue. Claire venait aussi, quelquefois, pendant le jour, me caresser. Je me couchais dans le soleil quand la fenêtre était ouverte. J'ai mis mon odeur petit à petit et à la fin je n'étais pas si mal.

La femme m'apportait à manger. J'étais chez moi, presque. Le lit, Rodrigue (ses pieds : j'aime me glisser la nuit sous les draps, toucher ses pieds quand on dort tous les deux), le soleil, Claire de temps en temps, et mon assiette : finalement, je m'habituais.

Plusieurs jours, plusieurs nuits. Beaucoup.

Et alors ils ont ressorti le panier. M'ont mis dedans. Encore. Et il y a eu de nouveau le bruit et l'odeur et les vibrations de l'auto. Longtemps.

Jusqu'à un arrêt. J'ai miaulé. Fort. Je voulais sortir. Ils ont pris le panier, l'ont porté dehors.

Enfin le bruit n'était plus là. Ni toutes les vibrations. Mais des odeurs d'herbe. Et des chants d'oiseaux. Et des glissements de mulot sans doute, oui, probablement un mulot, plus loin dans l'herbe haute. Comme dans le jardin.

Ils ont soulevé le couvercle du panier. Je suis sorti.

C'était sans limite, comme endroit. Pas de mur, pas de barrière, pas de fenêtre. Des buissons, des arbres. J'ai préféré rester à côté des hommes. Sans m'éloigner des odeurs que je connaissais.

Et puis le frôlement a recommencé, dans les herbes, là-bas. Le mulot. Je me suis éloigné. Quand je fais mes pattes de velours, personne ne m'entend marcher.

— Là-bas, dit le père, au carrefour je vais faire demi-tour.

Ils durent d'abord laisser passer un tracteur qui tirait une charrette de foin et qui s'y reprit à plusieurs fois pour tourner, puis, quand ils eurent rebroussé chemin, il leur fallut patienter derrière une caravane qu'on ne pouvait pas doubler sur une route aussi étroite.

Rodrigue s'était mis à pleurer en silence. Il n'avait toujours pas bougé. Il avait toujours ce regard fixe et il avait toujours ce froid en lui. Il ne pensait vraiment à rien d'autre qu'à ce nom de Balthazar. Les larmes avaient commencé à rouler sur ses joues et il ne songeait même pas à les essuyer.

— Maman, dit Claire, regarde Rodrigue : il pleure.

— Ne pleure pas, mon chéri, dit la mère, on va retrouver Balthazar. Il sera resté à nous attendre dans son panier. Il ne peut pas s'être éloigné. Le seul endroit qu'il connaisse, le seul où il se sente en sécurité dans cette forêt, c'est son panier. Je parie qu'il s'y est installé, couché bien en rond, à nous attendre.

— Si Rodrigue a laissé le panier ouvert, dit Claire. Sinon, Balthazar aura pris peur et se sera enfui. On ne le retrouvera jamais.

— Cette saloperie de caravane tient toute la route, dit le père, comment veux-tu que je double ?

— Ne prends pas de risques, dit la mère. On

mettra plus de temps s'il le faut mais ne prends pas de risques.

Claire se tourna vers son frère, le dévisagea.

—Essuie tes larmes, c'est dégoûtant de te voir pleurer comme ça.

Rodrigue renifla. Ses larmes coulaient une à une, avec lenteur, et il gardait malgré tout les yeux grands ouverts.

Il s'efforçait de fixer son regard sur la route devant la voiture. Pourvu qu'on aille vite, pourvu qu'on dépasse la caravane, pourvu que papa accélère, pourvu que Balthazar soit encore là quand on arrivera.

Si papa double avant la fin de la ligne droite, on retrouve Balthazar.

Ils doublèrent la caravane.

La forêt approchait. Les grands arbres, là-bas. Les châtaigniers sombres. Les buissons. Les ombres sur la route. La masse des feuillages qui se rejoignent presque au-dessus de la route. La petite descente, le virage à gauche, l'espèce de clairière, là, sur le côté. Celle-ci. Celle où on s'était arrêtés tout à l'heure pour goûter. L'herbe en pente douce, les fourrés juste à l'entrée de la forêt. Là où on s'était assis.

La voiture n'était pas plus tôt arrêtée que Rodrigue en jaillit, courut jusqu'aux fourrés.

Le panier de Balthazar était là. Le couvercle rabattu. Pas la moindre trace du chat.

Il s'est carapaté, le mulot.

Je l'ai entendu filer sous les feuilles. J'ai sauté. Griffes en avant. Raté.

Mais sa piste restait. Je sentais sa présence. Quelque chose de piquant dans les narines, avec du chaud. Aucun doute : de la fourrure et du sang. Et une petite taille. Musaraigne ou mulot.

J'ai avancé comme il faut quand on veut chasser. En dépliant les pattes une à une. Le dos parfaitement droit. Seules les pattes bougent. Chacune son tour. Et les yeux demeurent fixes : ils visent le lieu d'où part le froissement dans les herbes.

Je l'ai trouvé. J'ai bondi.

Trop tard. Il était rentré dans son trou. L'odeur, à

l'entrée, était très forte. Je me suis posté. J'avais tout mon temps. Surtout, ne pas remuer. Garder les yeux braqués. Être prêt à bondir. Attendre. Aussi longtemps que c'est nécessaire.

J'ai entendu des bruits, là-bas, derrière moi. Les hommes. J'entendais leurs voix. Puis les portes qui claquaient. Et le bruit du moteur. Et plus rien.

J'ai basculé les oreilles en arrière, pour mieux entendre. J'ai même tourné la tête. Un peu, à peine. Toujours rien du côté des hommes. Je me suis assis, j'ai franchement tourné la tête. Plus aucun son ne venait de là-bas. J'ai hésité.

L'animal a filé. D'un seul coup. Dans mon dos. Le mulot. Une tache grise, des feuilles agitées. J'ai sauté. Griffé le vide. Dessous, la terre et rien d'autre. J'ai soulevé les feuilles du bout des pattes. Pour rien. Alors je suis revenu vers le trou. Ça ne sentait plus. Je n'ai pas insisté. J'apprendrai à être plus attentif.

J'ai retrouvé les marques sur mon chemin. Par où j'étais passé pour arriver jusqu'ici. Depuis l'endroit où les hommes s'étaient arrêtés. L'homme avec les moustaches, la femme qui m'apportait du lait, Claire qui me caressait, Rodrigue et l'odeur de Rodrigue dans laquelle j'aimais dormir. Personne.

Le panier était resté là. Le panier en osier. Avec le couvercle fermé. Ils m'avaient abandonné dans la forêt.

– Il n'est probablement pas loin, dit le père. On va l'appeler, il va venir, tu vas voir.

Ils appelèrent. Debout tous les quatre à l'orée de la forêt, ils crièrent le nom du chat. Entre deux appels, ils s'interrompaient, tendaient l'oreille. Rien ne bougeait sous les arbres. Ils reprenaient leurs appels, à tour de rôle, attendaient, recommençaient.

Rodrigue avait retrouvé sa voix. Il criait avec les autres, et le fait de marcher et de pouvoir crier lui faisait du bien. Il avança jusqu'aux fourrés, se pencha, scruta l'ombre sous les branches.

– Il a dû s'avancer un peu pour se mettre à l'abri, dit la mère. On n'a qu'à s'enfoncer nous aussi dans la forêt pour l'appeler, il va bien finir par venir.

— Pas trop loin, dit le père. Et sans s'éparpiller. Je ne voudrais pas en plus égarer un des enfants.

Il essayait de plaisanter et il y parvenait presque. La mère sourit à son tour. Pas Rodrigue. Il pensait à Balthazar qui se terrait sans doute dans un coin, terrorisé par des bruits inconnus, affolé par des odeurs nouvelles et violentes, incapable de comprendre ce qui lui arrivait dans ce milieu hostile où, d'un seul coup, on venait de l'abandonner.

Ils écartèrent les branches, pénétrèrent dans la forêt. Entre les arbres, on distinguait des troncs renversés, des taillis touffus, quelques plaques de mousse où jouaient des rayons de soleil, des ronciers qui s'enchevêtraient, et, partout, les lourdes taches d'une ombre impénétrable. Ils avancèrent tous les quatre de front en appelant.

Le sous-bois sentait la moisissure, le champignon, l'humidité. On ne voyait pas très loin. Des framboisiers barraient le chemin, il fallait obliquer, mais où aller ? À gauche, en direction de ce buisson de digitales pourpres ? À droite, vers les branches entrecroisées des sapins morts qui obstruaient le passage ? Ils s'arrêtèrent.

Le silence pesait sur la forêt. Ils appelèrent encore. Et encore. Et encore. En vain.

À la fin, les parents décidèrent de rebrousser chemin.

— Revenons vers la voiture, peut-être que Balthazar aura reconnu le bruit du moteur et se sera rapproché.

Pas de Balthazar vers la voiture. Pas de Balthazar vers le panier abandonné. Pas de Balthazar au bord de la forêt.

Ils attendirent jusqu'au soir, improvisèrent même un pique-nique pour rester un peu plus longtemps. La nuit venait. Toujours pas de chat.

— Allons, dit la mère, il faut y aller. Ça ne servirait à rien de rester plus longtemps.

— On reviendra demain, dit Rodrigue.

— On est à plus de cent kilomètres de la maison, dit le père, et les vacances finissent à la fin de la semaine. On n'aura pas le temps de revenir.

Ils regagnèrent la voiture. Personne ne parlait.

Quand le père plaça dans le coffre le panier désormais inutile, Claire se mit à pleurer.

Chapitre 2

Ils ne m'avaient rien laissé à manger.

C'est tout juste si quelques-unes de leurs odeurs traînaient encore dans l'herbe. J'ai senti. Rodrigue s'était assis là. Mais l'herbe garde mal les odeurs. Elle sent trop fort elle-même.

Il faut promener le museau partout pour repérer les traces qui valent le coup. Il y en avait. Elles ne dataient pas de très longtemps. Encore tièdes. Hommes, mulots. Et des animaux plus gros.

Plus loin, des oiseaux chantaient. Des petits. Ceux qui ont des os qui se brisent tout de suite quand on croque. D'abord on a tout ce chaud dans la gueule, et on sent tout ce qui s'agite là, entre les dents, contre la langue, des petits mouvements, les plumes qui s'ébouriffent, le cœur qui bat, et il n'y a plus qu'à serrer. Après, c'est délicieux.

Il faut juste cracher les plumes les plus petites, sinon elles risquent de se coincer dans la gorge.

Je me suis léché les babines. J'avais faim. Je me suis dirigé vers les chants des oiseaux.

Les herbes étaient plus hautes que moi. Je me suis faufilé. Ce n'était pas désagréable de les sentir me frôler au passage. Elles étaient chaudes et leur odeur était bonne. J'en ai mâché quelques-unes. Des épaisses, qui giclent quand on enfonce la dent. C'est agaçant dans la gueule, j'aime bien.

Une bête a sauté sous mon nez. Une bête de la couleur des herbes. Petite. Avec des pattes arrière coudées, qui dépassaient au-dessus de son dos. Et deux antennes qui ne cessaient pas de bouger. J'ai jeté la patte en avant. Griffes sorties. La bête est tombée.

J'ai fouiné pour la trouver. Elle ne bougeait plus. Un liquide jaune lui était sorti de la gueule. Odeur âcre. J'ai laissé.

C'était la bonne heure pour chasser. Les ombres s'étiraient et les odeurs sortaient de partout. Bientôt la nuit allait tomber et ce serait encore mieux.

J'ai attrapé un oiseau. Un tout petit. Il n'avait pas le goût que j'espérais. J'ai mordu, j'ai mâché un peu, je n'ai pas insisté. J'ai pris garde à bien recracher les plumes. Ensuite, je me suis lavé comme il faut le faire après avoir mangé un oiseau. J'avais encore faim.

Pendant que j'étais occupé à ma toilette, j'ai entendu, assez loin, les hommes crier. J'ai cru reconnaître le nom qu'ils m'ont donné.

Je me suis enfoncé entre les arbres. Les hommes pouvaient toujours crier : je m'appelle « je » et je suis un chasseur. Il y avait encore d'autres odeurs. J'étais sûr de trouver une proie plus grosse. La nuit venait. J'ai suivi des pistes.

J'étais au milieu de l'ombre, au pied d'arbres très hauts, quand j'ai entendu un son que je n'avais jamais entendu. Mais je n'avais pas besoin de l'avoir déjà entendu. Je savais très bien ce qu'il signifiait. Cette espèce de sifflet velouté. J'ai tout de suite su qu'il voulait dire danger.

Rodrigue dormit mal.

Plusieurs fois dans la nuit, il se réveilla pour chercher Balthazar qui dormait d'habitude à ses pieds, et, chaque fois, quand il constata l'absence du chat, il sentit le froid qui revenait dans son ventre et dans sa poitrine.

Le matin, dans la cuisine, il grignota une biscotte trempée dans du lait au lieu de prendre ses céréales préférées. Il n'avait pas faim.

Dans le coin de l'évier, par terre, là où s'était toujours trouvée l'écuelle réservée à Balthazar, il n'y avait plus rien. Et du côté de la porte, dans le renfoncement du mur, là où était placée la caisse du chat, avec le sac de litière et la petite pelle de plastique, il n'y avait plus rien non plus.

Déjà.

Rodrigue sortit dans le jardin.

Pas la peine de compter sur les copains du voisinage pour aller jouer avec eux. Ils ne rentreraient de vacances que dans deux ou trois jours. Rodrigue était seul. Seul avec des jeux pour lesquels il ne sentait aucun intérêt. Seul avec le souvenir de Balthazar.

Il s'assit dans un coin du jardin, près du bac à sable où il ne jouait plus depuis longtemps maintenant, et se mit à gratter la terre meuble. Il ne pensait pas à ce qu'il faisait. Ses gestes étaient machinaux et distraits.

– Tu as trouvé un jeu ? demanda sa mère qui était sortie du séjour et l'observait depuis la terrasse.

– Je m'amuse, dit Rodrigue.

Elle rentra dans la maison. Il se retrouva seul. Il préférait.

Claire vint le rejoindre quelques minutes plus tard. Elle non plus n'avait pas envie de parler. Elle s'assit à côté de lui. Un merle traversa la pelouse devant eux, à petits pas nerveux, s'arrêtant parfois pour piquer du bec et chercher quelque chose sous la terre. Ils l'observèrent tous deux.

– Si Balthazar avait été là, ce merle ne se serait jamais promené aussi tranquillement, dit Claire.

— Ni les moineaux, dit Rodrigue. Ni les mésanges.

— Tu te rappelles quand il avait rapporté à la maison le rouge-gorge qu'il avait attrapé dans le jardin des voisins ?

Ils songèrent tous les deux à cette scène, et à l'étrange miaulement grave qu'avait eu alors Balthazar quand il était entré dans la cuisine en serrant dans ses mâchoires le cadavre encore chaud de l'oiseau.

— Peut-être qu'il est en train de courir après les animaux de la forêt, dit Rodrigue.

Il s'efforçait de prendre un ton détaché mais il sentait qu'il ne pourrait pas aller bien plus loin dans son effort.

— Tu sais, dit brusquement Claire, le couvercle du panier, c'est moi qui l'avais refermé. C'est à cause de moi que Balthazar n'a pas pu s'y réfugier. C'est à cause de moi qu'il s'est perdu.

Rodrigue se remit à gratter la terre à ses pieds. Il parla sans lever la tête.

— Et tu crois qu'il se serait perdu si je n'avais pas voulu qu'on le fasse sortir de son panier ? Je voulais qu'il se dégourdisse les pattes. Si je n'avais pas insisté, il serait encore avec nous maintenant.

Dès que j'ai entendu le sifflement dans l'ombre, j'ai su qu'il s'agissait d'un oiseau de nuit. Avec des ailes immenses et des yeux ronds. Jaunes, les yeux. Un oiseau qui vole sans bruit. Des griffes plus longues que les miennes et un bec courbe et dur, qui déchire les proies. Je n'en avais jamais vu mais je savais qu'il ressemblait à ça. J'ai filé sous l'abri d'un arbre.

Je me suis mis en boule et je n'ai plus remué.

Les bruits autour de moi avaient changé. C'étaient les bruits de la nuit. Des courses, des frôlements, de courts appels. Le passage de quelque chose, là-bas, entre les branches mortes. Quelques oiseaux, loin, haut dans le ciel. Du vent. Des murmures. Des frémissements.

Et le cri est revenu. Le sifflet de l'oiseau de nuit. Un sifflement doux, rond, sur deux notes. Puis ce chuintement. Comme les hommes font avec leurs lèvres. Un bruit mouillé. Et j'ai senti l'air vibrer au-dessus de ma tête. Un vol presque silencieux. Pas de battement d'ailes. Juste l'air que j'avais senti vibrer. Et cette odeur.

Je me suis tassé contre les racines de l'arbre. Le dos bien abrité. La tête rentrée. Prêt à mordre. À me défendre.

L'oiseau devait être posé sur une branche d'où il pouvait me surveiller. Attendant que je bouge pour se laisser tomber sur moi. Il plongerait les pattes écartées. Les griffes tendues, acérées, froides. Visant sous les côtes, là où je suis tendre.

Ne pas remuer. Surtout ne pas me mettre à courir. Rester tapi contre les racines. Protégé. Sans changer de position. Montrer autant de patience que lorsque c'est moi qui guette une proie. Ne pas relâcher mon attention. Pas une seconde. Jamais.

— Va chercher une pelle, dit Rodrigue.

— Pour quoi faire ?

Il ne répondit pas, continua de gratter la terre du bout des doigts. Claire haussa les épaules, se leva, s'éloigna.

— Tu te rappelles quand il a rapporté pour la première fois une boule de papier dans sa gueule ? dit Rodrigue quand Claire revint avec une petite pelle pour jardinière. La boule de papier était presque plus grosse que lui.

Il prit l'outil des mains de sa sœur, commença à creuser pour de bon.

— Et quand papa le mettait dans la poche de sa veste ? On ne voyait que la tête qui dépassait.

— La première fois qu'il a mangé un vrai morceau de viande crue, il a grondé comme un gros chat quand j'ai voulu le caresser.

— Et il t'a griffé.

— Pas fort, dit Rodrigue. Balthazar n'a jamais griffé très fort.

La petite pelle s'enfonçait facilement dans la terre noire. Elle tranchait les mottes en laissant sur son passage une coupure franche et lisse. Une odeur grasse monta du trou qui s'agrandissait.

— Et quand il apprenait à se laver en passant la patte derrière l'oreille ? Au début, il basculait toujours sur le côté.

— Et quand il a commencé à mordre pour de

bon ? Il avait des dents comme des aiguilles, il ne savait pas encore se retenir, il nous les enfonçait jusqu'au sang.

— Je me rappelle la première fois qu'il s'est laissé caresser sans mordre ma main pour jouer. Quand il a compris que ce n'était pas un jeu.

La fosse s'était approfondie. Rodrigue la creusait avec application, aplanissait le fond, égalisait les bords, soignait la rectitude des angles droits du parallélépipède qu'il avait délimité.

— Ce sont les vieux chats qui se laissent caresser sans mordre, dit Claire. Qu'est-ce que tu fais ?

— Balthazar n'a jamais été un vieux chat, dit Rodrigue. Jamais.

Le trou qu'il venait d'achever avait juste les dimensions nécessaires pour une tombe destinée à un chat.

La pluie s'est mise à tomber.

Une pluie lente. Les gouttes frappaient les feuilles. Je ne distinguais plus les bruits de la forêt. La pluie les noyait. Même les odeurs avaient changé. Je discernais mal les effluves des animaux. Mais la terre mouillée sentait fort, et les buissons, et les arbres.

L'oiseau de nuit, je ne le repérais plus. Jusqu'ici, j'avais su très exactement où il était. Je pouvais même prévoir avec assez de précision la trajectoire qu'il devrait suivre pour fondre sur moi. J'avais examiné l'endroit où je bondirais quand il foncerait. Un bond à gauche et je lui échapperais. Maintenant, je ne savais plus.

La pluie durait. Je ne remuais pas. J'essayais de deviner si l'oiseau était encore là. Et où. J'ai tourné la tête, lentement. Je l'ai levée, j'ai renversé la nuque. En mesurant mes gestes. Je n'ai rien vu. Rien entendu. Je ne sentais rien.

Une rigole s'était formée sur la pente, un peu plus haut que l'arbre au pied duquel je me cachais, et l'eau a commencé à couler. Jusqu'aux racines. Jusqu'à l'endroit où je me trouvais. Une eau froide. Jusqu'à mes pattes. Jusqu'à mon ventre. Mouillant ma fourrure. Je me suis redressé pour me secouer.

Alors l'oiseau de nuit a surgi. Les ailes déployées, noires dans le noir. Les yeux immenses, ronds, jaunes. Les griffes en avant. Des serres énormes. J'ai sauté de côté.

Bondi. Poil hérissé. Feulant. Crachant. Gueule ouverte. J'ai lancé la patte. Les griffes dans ses plumes. Près de l'œil. Il a esquivé. S'est posé. De l'autre côté d'une grosse racine. S'est tourné vers moi. Ses yeux. Des globes jaunes, lumineux. Ses yeux dans la nuit. Et l'oiseau s'est ramassé et a sauté soudain, les pattes crochues droit vers mes yeux.

Je n'ai pas choisi. Rien pensé. Tout en nerfs et réflexes. Ai planté mes griffes dans le tronc, escaladé l'arbre. Vite. Poussant des pattes arrière. Grimpant à coups de reins. Jusqu'aux grosses branches. Au milieu des feuilles épaisses. Dans un fouillis de branches et de feuilles. Là où l'oiseau n'arriverait jamais à pénétrer avec ses ailes trop grandes, son vol trop lourd, et cette façon d'attaquer avec le corps rejeté en arrière, les serres braquées, une posture pour le meurtre en piqué mais pas pour le corps à corps dans un espace étroit.

J'ai continué de grimper jusqu'à trouver une fourche où je pourrais m'installer. J'ai pris place derrière un rideau de branches.

Je me croyais en sécurité. J'ai entrepris de me laver. Un goût m'a surpris. J'ai vérifié. Oui, je saignais. Au ventre. Probablement en escaladant l'arbre. Ou alors les serres de l'oiseau. J'ai léché la plaie, longuement.

Claire avait déniché une vieille boîte à chaussures, et Rodrigue avait inscrit sur le couvercle, au stylo bille, le nom de Balthazar. Il s'était appliqué pour tracer des lettres majuscules. Il les avait soulignées de traits de plusieurs couleurs.

—Tu as fait une faute, dit Claire. Les B majuscules, ça ne se dessine pas comme ça.

—Moi, je les dessine comme ça.

—Si tu veux, dit Claire. Mais ça ne se dessine pas comme ça.

Ils emportèrent la boîte dans le jardin, la posèrent dans le trou. Elle était légère.

—Il faut mettre quelque chose dedans, dit Claire. On ne peut pas laisser la boîte vide. Il faut que ce soit lourd.

—Ce n'est pas un vrai enterrement, dit Rodrigue.

—Un cercueil, c'est toujours lourd, dit Claire.

Ils s'éloignèrent pour ramasser quelques cailloux, revinrent à la tombe, lestèrent la boîte, l'enfouirent. Le trou était juste assez profond et assez large pour contenir la boîte. Ils la contemplèrent un moment.

—Et quand il faisait ses griffes sur le canapé, dit Rodrigue. Comme maman l'a battu quand elle l'a vu.

Il prit de la terre dans la petite pelle et la laissa tomber le long de la boîte, là où il y avait encore un peu de vide.

—Et comment on lui préparait des flocons d'avoine les premiers jours, dit Claire. Et comment on les mélangeait avec un peu de viande hachée.

Les pelletées de terre comblaient peu à peu les vides, et même si Rodrigue prenait garde d'éviter le couvercle quand il répandait la terre, des grains noirs parsemaient maintenant le carton blanc.

—Et comment il s'était brûlé le bout de la queue en sautant sur la gazinière, dit encore Claire. Il ne s'en était pas rendu compte et toute la cuisine sentait le poil grillé.

Elle sourit à ce souvenir. Rodrigue continuait de laisser glisser la terre, et maintenant les pelletées tombaient sur le couvercle. Le bruit qu'elles produisaient sur le carton n'était pas agréable à entendre.

— Et comme il miaulait derrière la porte de ta chambre tous les soirs, dit Claire, pendant que tu étais parti en voyage de classe.

La terre s'accumulait peu à peu et le bruit n'était plus le même que tout à l'heure. Il était devenu sourd et mat. C'était un bruit terne.

— Même qu'il était allé dormir dans le lit des parents et qu'il avait mordu les pieds de papa en plein milieu de la nuit.

Rodrigue gardait la tête baissée. Il posa la pelle. Prit la terre à pleines mains. La lança sur la fosse à présent comblée. Comme s'il avait lancé des pierres. Recommença. Avec de grands gestes crispés. Puis il poussa de la paume les tas de terre qui restaient à côté, les ramena en monticule, racla le sol du tranchant de la main pour ne rien laisser sur les bords, puis il tassa le cône noir à coups de poing, sans un mot, sans une larme. À coups de poing boxant le sol.

Chapitre 3

Dès que le ciel s'est éclairci, j'ai su que l'oiseau de nuit avait abandonné la partie. D'arbre en arbre, d'autres oiseaux s'étaient mis à chanter. Je me suis étiré. Un muscle après l'autre. Pattes avant, nuque, dos, pattes arrière. Dans l'ordre, toujours. J'aime sentir mes muscles et mes articulations. Puis je suis descendu.

Je grimpe vite aux arbres, j'en descends mal. Je me retiens. Peur de tomber. Mes fesses me précèdent, je ne vois pas où je vais. Je déteste descendre des arbres.

J'ai fini par me laisser chuter. J'ai donné le coup de reins qu'il fallait pour atterrir sur mes pattes, et, une fois sur le sol, je me suis encore étiré en respectant l'ordre des mouvements. Puis j'ai léché ma blessure et je suis parti.

La pluie avait cessé. Le sol était souple sous mes pattes et les odeurs d'animaux étaient revenues. J'ai pisté une proie. Les odeurs étaient claires et j'avais faim. J'ai dédaigné des oiselets et des souris, je cherchais mieux. J'ai trouvé dans une clairière. Des lapins. Certains étaient petits. J'ai rampé jusqu'à eux.

J'ai choisi ma victime, j'ai sauté. Il a détalé. Il était moins rapide que moi. Si j'avais eu envie de jouer, je l'aurais laissé courir un moment. Le blessant à coups de griffes. Plusieurs fois. Jusqu'à l'épuiser. Je ne voulais pas m'amuser, je voulais manger, j'ai sauté pour planter mes crocs dans sa nuque.

Il a esquivé. A disparu sous un arbre abattu. S'est enfoncé sans doute dans un trou. Je ne l'ai pas retrouvé.

Il était sans doute très tendre. J'ai salivé. Je me suis lavé. Ma blessure au ventre saignait encore. J'ai léché.

Je me suis allongé. Un peu de soleil passait à travers les branches. La terre était sèche et chaude. J'ai dormi.

Les hommes croient que je dors comme eux. C'est faux. Au moindre bruit, je sursaute. Ma sécurité, c'est de savoir me reposer sans oublier la surveillance. J'ai dormi jusqu'à ce que le soleil devienne brûlant.

J'aime sentir cette chaleur sur ma fourrure. Je suis bien quand le soleil est sur moi comme un feu.

Je me suis assis, je me suis léché. Ma blessure était propre. J'ai mis beaucoup de salive. Quand je mets beaucoup de salive, j'ai moins mal.

Et puis je suis reparti. Attentif aux bruits que je ne connaissais pas. J'ai marché un bon moment. Tout ce temps-là, j'ai croisé des pistes d'animaux. Je sentais leur passage. Certains devaient être très gros. D'autres, menus. Les odeurs ne trompent pas. Je ne les avais jamais vus mais je savais très bien ceux dont je devais me méfier. Et ceux qui seraient bons à manger.

À un moment ou à un autre, je tomberais forcément sur un animal petit et tendre.

J'ai marché jusqu'à la fin de la forêt. À partir de là, il n'y avait plus d'arbres. Plus d'ombre non plus. Des prés seulement. Des prés différents, avec des herbes hautes et des herbes basses, et des buissons sur les limites. Et, là-bas, au bout d'un champ tout plat, j'ai repéré une maison.

Une maison d'hommes. Avec du lait et des étoffes douces. Et des pièces fermées où ne pénétrerait jamais un oiseau de nuit. Peut-être des mains pour me caresser. Je me suis avancé.

L'après-midi, Rodrigue s'enferma dans sa chambre, refusa même de descendre pour suivre les dessins animés à la télévision.

— C'est la première fois, dit la mère qui s'était installée sur la terrasse pour lire. Claire, tu veux aller voir ce que fabrique ton frère ?

— Il boude, dit Claire en redescendant. Il ne veut pas m'ouvrir.

La mère posa son livre, monta, toqua à la porte, appela.

— Laisse-moi tranquille, dit Rodrigue.

– Tu es triste parce que c'est la rentrée scolaire demain matin ? Tu ne veux pas descendre pour goûter ? J'ai acheté des biscuits au chocolat comme ceux que tu aimes.

– Pas faim. Je suis en train de lire.

– Si tu lis, c'est différent. Tu veux que je te monte un bol de lait ?

– Je ne peux pas lire si tu me parles tout le temps, dit Rodrigue.

Il attendit que sa mère s'éloigne pour quitter le lit où il s'était étendu et où il rêvait les yeux ouverts.

Après tout, lire n'était pas une mauvaise idée. Peut-être qu'un roman l'aiderait à penser à autre chose. Mais lequel choisir ?

Il prit *Robinson Crusoé*. Une édition abrégée qu'on lui avait offerte quand il avait su lire couramment. Combien d'années déjà, depuis cette époque ? Il ouvrit le livre, retrouva les illustrations qui l'avaient marqué.

Robinson Crusoé déambulant sur une plage, vêtu d'un habit de peau, une ombrelle à la main, coiffé d'un chapeau conique et très haut. Observant l'horizon à la longue-vue. Et, surtout, édifiant un mur de pieux taillés en pointe devant la grotte où il s'était réfugié, pour se garder des bêtes féroces ou d'ennemis inconnus qui auraient pu l'assaillir à l'improviste.

Seul au milieu d'une île perdue, il avait inventé les moyens d'être en sécurité en se bricolant une sorte de nid fortifié.

S'il avait pu survivre dans de telles conditions, pourquoi d'autres ne le pourraient-ils pas ? Rodrigue continua de rêver sur les illustrations du livre.

Robinson Crusoé penché en avant, examinant sur le sable des traces de pas. Puis, les anthropophages assis en cercle autour d'un feu. Ils portaient des pagnes de raphia ébouriffé, des colliers de canines formidables qui tranchaient sur leur peau sombre, et ils tenaient à la main des morceaux de viande qui ressemblaient à de gigantesques cuisses de poulet.

Et si on était attrapé par les cannibales ? Peut-être qu'ils dévoraient leurs proies toutes vivantes encore. En les déchiquetant. En poussant des grognements quand on leur tendait des pièces de viande crue.

Rodrigue revint au début du livre et se mit à lire.

Des chiens ont aboyé.

Se méfier des chiens. Ils courent vite. Je sais me protéger d'eux en grimpant dans un arbre ou en m'enfonçant sous un buisson. Mais ici, je ne connaissais pas les lieux.

J'ai été patient. Les chiens manquent de patience. Il y a toujours un moment où ils oublient de surveiller. Je me suis installé. Je guettais le moment.

Une grosse machine est entrée dans la cour de la maison. Un peu comme une voiture, mais plus haute. Avec des roues nues, et très grandes. Et puis les chiens sont partis avec un homme et peu de temps après ils sont revenus en jappant derrière un troupeau de bêtes gigantesques, qui avaient des cornes et des sabots.

Ils ont conduit ces bêtes dans une grande maison qui ouvrait sur la cour, et j'en ai profité pour passer par-derrière. Personne ne m'a vu. J'ai couru. Une fenêtre était ouverte. J'ai sauté.

Je sais reconnaître une cuisine. C'en était une, avec ses odeurs. On trouve à manger dans une cuisine. J'ai cherché.

La porte d'un placard bâillait. J'ai tiré avec ma patte. Du jambon, là-haut. Une odeur épaisse de jambon.

Il fallait escalader. Je me suis accroché. Et puis un appui m'a manqué, une de mes pattes arrière a lâché, j'ai donné un coup de reins, et quelque chose est tombé. Une casserole. Avec le bruit du tonnerre quand elle est tombée.

Alors une femme est arrivée en courant et en criant et je cherchais partout la fenêtre ouverte et elle criait très fort et je ne trouvais plus la fenêtre et elle avait un balai à la main et j'ai sauté sur la table et j'ai senti un coup sur le dos et je suis tombé et elle allait encore abattre le balai et j'ai foncé jusqu'à la porte ouverte et il y avait un couloir avec au bout une porte ouverte sur la cour et j'ai couru et j'avais mal au dos et la femme était loin derrière et quand je suis arrivé dans la cour au soleil je me suis cru sauvé et alors un homme est arrivé et il m'a donné un coup de pied et j'ai été soulevé et je suis retombé et j'ai cru qu'on m'avait enfoncé quelque chose dans les côtes, quelque chose de dur comme une pierre.

Pas le temps de me plaindre. L'homme me courait dessus. Et les chiens. Hurlant. J'ai filé droit. Une porte s'ouvrait. Une ombre. La maison des gros animaux que j'avais vus entrer. Odeurs violentes. Trop brutales. Suffocantes. Je suis rentré. Sans savoir où j'allais. Pas de soleil, pas de lumière.

Un escalier, au fond. En bois. Derrière les odeurs grasses. En haut de l'escalier, une porte. Un trou tout en bas. Me suis faufilé.

Ai débouché dans une montagne d'herbe coupée. Odeur pas pareille. Me suis enfoncé. Loin. Jusqu'à un renfoncement derrière le gros tas d'herbe ficelée. Me suis arrêté. Ai soufflé.

J'étais seul et en sécurité. Avec cette impression de caillou très dur dans les côtes, là où l'homme avait frappé. Et aussi le coup de balai sur les reins. Je me suis couché, j'ai essayé de me lécher là où les coups avaient porté. Mais j'avais trop mal pour aller passer ma langue là où je voulais. Impossible de me retourner. Mon dos, du bois dur.

J'ai léché ma blessure au ventre. Elle saignait. Je suis resté étendu. J'ai essayé de dormir. Je pensais à l'odeur de Rodrigue dans son lit, quand on était tous les deux ensemble, la nuit.

La rentrée scolaire, c'est toujours pareil. Au premier cours, on remplit des fiches. Nom, prénom, profession des parents, et tous les renseignements que les profs possèdent déjà cent fois. Rodrigue s'exécuta puisqu'il le fallait. Mentionna sa date de naissance, nota le prénom de sa sœur, et ne répondit pas à la question qui lui demandait s'il avait à la maison un animal domestique.

En quoi cela pouvait-il intéresser un prof, même principal, d'apprendre que Rodrigue avait laissé partir Balthazar ? Et qu'est-ce que cela pouvait faire à ses copains, qu'il n'ait pas envie de leur parler ? Rodrigue était aussi bien tout seul.

Après avoir ramassé les fiches, le prof de français donnait déjà le sujet d'une rédaction. Pour l'originalité, il pouvait repasser. Comme chaque prof de français chaque année, il réclamait qu'on lui raconte « un moment qui vous a particulièrement marqué pendant les vacances ».

Mais cette fois-ci, il innovait. Devoir à faire en classe. Tout de suite. En une heure.

Rodrigue ne réfléchit pas longtemps. Il posa la pointe de son stylo sur le haut de la première page et, sans brouillon, se mit à écrire :

Quand le bateau a fait naufrage j'ai pris tout ce qu'il fallait dans les cales, de la nourriture et des sabres et des allumettes parce que je voulais mettre le feu pour brûler tous les cannibales et sinon avec les sabres je pouvais tuer les sauvages et après j'ai enfin pu dormir dans une grotte. C'était super comme vacances.

Il se relut. Il avait su écrire « allumettes » sans faute, et il avait évité ce mot épouvantable d'« anthropophage » dans lequel il était sûr de commettre au moins trois ou quatre erreurs. Quant au récit lui-même, il ne voyait pas ce qu'il aurait pu dire de plus. Il attendit la fin de l'heure sans y ajouter un seul mot.

Les gros animaux faisaient du bruit. Ils remuaient juste en dessous de moi. Dans leur odeur chaude et violente. Ils restaient enfermés toute la nuit et je les entendais bouger.

En reniflant bien, je distinguais parfois une odeur de lait.

J'avais faim. J'entendais des froissements dans le tas d'herbes sèches. Des remuements minuscules sur le plancher, le long des murs. Des bruits de souris.

Elles devaient être bien nourries, avec toute cette herbe rien que pour elles. Des souris dodues. Le ventre plein. Avec le goût délicieux qu'elles ont quand on plante les crocs derrière la nuque. D'abord l'os craque, puis, d'un seul coup, il y a ce goût de sang et de viande. Et tout ce tendre qui vous envahit la gueule, et alors on sait qu'on n'aura plus faim.

Je me suis levé. Les côtes douloureuses. Et les reins. Je me suis étiré. Je prenais des précautions. Pattes avant, nuque, dos, pattes arrière. Je n'ai pas pu aller jusqu'au bout.

Mes muscles ne jouaient pas comme d'habitude.

Je me suis assis.

Des souris trottaient pas loin. J'ai fini par m'avancer. Je me suis posté. J'ai guetté. Sans bouger. Le plus longtemps possible. J'en ai vu arriver une. Grasse. Tranquille. Elle ne m'avait pas vu. Elle fouinait, furetait, s'approchait, s'éloignait, revenait. Pas un seul de mes muscles ne bougeait.

J'ai pensé au lapin que j'avais raté. À l'oiseau qui n'était pas bon. Au jambon que j'avais manqué. Je salivais. Je ne quittais pas la souris des yeux. Jamais je n'avais eu aussi faim.

J'étais parfaitement immobile. Elle venait vers moi. J'ai attendu. Elle approchait. J'aurais pu sauter. J'ai bandé mes muscles. La douleur est revenue. D'un coup. Méchante. Dans les reins, le dos, les côtes. Un élancement. Impossible de bondir. Si la souris tournait le dos, repartait, j'étais certain de la rater. J'ai attendu. Ouvrant à peine les yeux. Ne respirant plus.

Elle avançait. Avance, petite souris, avance. J'ai si faim. Approche encore un peu. Un tout petit peu. Encore. Voilà. Presque. Encore un peu.

J'ai détendu la patte. Un mouvement d'un seul

jet. Mes griffes se sont enfoncées dans le ventre. La souris a couiné. J'ai mordu dedans, tout de suite. C'était bon.

J'ai tout mangé. Sauf le crâne.

Je me suis léché. Je mouillais ma patte, je la passais sur toute ma figure, je recommençais. Il faut toujours faire sa toilette après un repas. La douleur était toujours dans mon dos et dans mes côtes et je la sentais à chaque mouvement. Mais je n'aurais pas pu dormir si je ne m'étais pas lavé comme il faut. Ensuite, je me suis couché en rond dans un creux d'herbe, et j'ai pu dormir.

Madame, Monsieur,

Votre fils Rodrigue me paraît avoir mal engagé cette année scolaire. Dès le premier jour, à l'occasion d'une rédaction anodine, il a manifesté une mauvaise volonté certaine en rédigeant un texte abracadabrant au lieu de répondre au sujet. En outre, il est beaucoup trop agité en cours et n'a visiblement pas la tête au travail scolaire. Il paraît absent. S'il ne se reprend pas au plus tôt, je crains qu'il n'accumule un grave retard.

Je l'ai déjà averti à deux reprises.

Si vous souhaitez me rencontrer pour que nous en discutions, je suis à votre disposition les mardis de 16 à 17 heures et les vendredis de 11 à 12 heures.

Veuillez agréer mes salutations distinguées.

Monsieur Prunier,
professeur principal de la classe de 5e 4

Chapitre 4

Au matin, j'ai entendu les chiens juste en dessous de moi. Ils aboyaient après les grands animaux. Il y a eu des bruits de chaînes, des bruits de sabots, des bruits de bois qu'on cogne, et des odeurs chaudes qui montaient.

Je me suis assis. J'ai essayé de faire le gros dos. Pas pu. Trop mal.

Les grands animaux sortaient dans la cour. Les chiens couraient autour d'eux et jappaient. Il y avait aussi un homme, qui criait. Et alors j'ai entendu les griffes d'un chien sur l'escalier en bois. J'ai entendu qu'il arrivait juste derrière la porte, et il s'est mis à aboyer.

Je savais ce que voulaient dire ces aboiements. Ces petits jappements brefs, un peu plaintifs. Des appels à la chasse. Contre moi.

Pas la peine de perdre du temps. Le maître allait venir, ouvrir la porte, et alors ce serait fini. J'étais incapable de me défendre. J'ai grimpé sur le dos d'herbe. Au plus haut. Là d'où on peut voir venir. Ce n'était pas facile de monter, à cause de ce mal dur dans mes os. J'ai insisté. Je suis arrivé au sommet. Près des poutres.

La porte s'est ouverte. Le chien s'est précipité. Il a tout de suite trouvé ma trace. L'homme le suivait. Il avait un long bâton à la main. Le chien reniflait dans l'herbe sèche. Bientôt il saurait où j'étais. J'ai pris mon élan, j'ai bondi sur une poutre.

J'ai cru que mes côtes me perçaient la peau. Trop tard pour m'arrêter. L'homme et le chien m'ont aperçu. J'ai couru sur la poutre. Jusqu'à une lucarne, tout au bout.

Dessous, des prés. Un terrain vide. Là-bas, des

buissons. La liberté. Loin en dessous de moi. Très loin. Trop loin. Tant pis, j'ai sauté.

C'était comme de recevoir à nouveau le coup de pied de l'homme. En plus fort. En plus méchant.

Je me suis ramassé, j'ai essayé de courir jusqu'aux buissons. Le chien sortait de la cour pour m'attraper. Je l'entendais aboyer. Je n'allais pas vite. Les os de mon dos étaient trop douloureux, je ne pouvais pas forcer.

Le chien venait de dépasser le coin de la maison, il respirait très vite en cavalant. Je me suis enfilé sous les buissons, je devais plier les pattes pour ne pas me frotter le dos contre les branches, j'avais mal partout, j'ai couru sans faire de bruit. Et puis j'ai vu l'arbre. Un tronc large. Parfait pour y planter les griffes. J'ai grimpé.

Le chien est resté en bas. Aboyant. Impuissant. Je me suis installé. J'avais tout mon temps. L'homme a fini par siffler le chien. Je me suis retrouvé seul. J'ai attendu longtemps encore pour être sûr. Puis je suis descendu.

Alors a commencé mon grand voyage.

Monsieur le professeur principal,

Permettez-moi de vous remercier de votre lettre au sujet de notre fils. Mon mari et moi apprécions l'attention que vous portez à Rodrigue. Je crois cependant que le problème que vous mentionnez est moins grave que vous le pensez. Il se trouve simplement que Rodrigue a très récemment perdu un animal qu'il aimait beaucoup, et il est persuadé d'être responsable de sa disparition. Je pense qu'il s'agit là d'un chagrin d'enfant qui passera bientôt.

En vous remerciant encore du souci que vous prenez de lui, je vous prie d'agréer, monsieur le professeur principal, l'expression de mes salutations respectueuses.

J'ai marché. Je ne marchais pas longtemps chaque fois. Sitôt que je sentais le mal dans mon dos, je m'arrêtais. Je me cachais. J'attendais d'avoir moins mal. Puis je repartais.

Pour boire, j'avais des flaques. Ou des mares. Ou des ruisseaux. Pour manger, rien.

Et pas question de m'approcher des maisons

que j'apercevais ici et là. J'entendais des chiens. Je devinais des hommes, des femmes, des coups de balai, des coups de pied.

J'ai trouvé sur une route un oiseau écrasé. Un gros, avec de grandes plumes noires. Il était là depuis longtemps. Sa viande puait. Impossible d'en manger.

J'ai fini par découvrir une cachette au pied d'un vieux mur en pierre. Un trou bien dissimulé. J'ai dormi. De temps en temps, je me levais pour aller boire. Je tremblais et je ne pouvais pas m'empêcher de trembler. Je grelottais. Je me roulais en boule dans l'ombre. Je me rappelais le lit où je dormais avant. La couette. La chaleur. Je me retournais sur la terre humide, je refermais les yeux. Rodrigue me caressait. Je ronronnais. La terre était froide et j'entendais des animaux aller et venir devant ma cachette. Claire m'embrassait et on me donnait à manger dans une assiette, à la cuisine, au pied de l'évier. Des croquettes, de la pâtée pour chat. Parfois de la viande crue. Les côtes me faisaient mal quand j'appuyais trop sur elles en dormant. Je me levais, j'allais boire dans une flaque, je revenais dormir. Quand je me suis aperçu que j'avais faim, mais alors vraiment faim, j'ai su que le pire était passé.

Je me suis levé, j'ai tenté de m'étirer. J'ai presque pu tendre mes muscles complètement. Je suis sorti de ma cachette. Cette fois-ci, je savais où j'allais.

Rodrigue s'était installé dans le jardin. Il avait pris dans le garage une cagette de bois blanc, et il la démontait lame par lame de façon à obtenir des planchettes lisses et régulières. Il se servait d'un tournevis pour ôter les agrafes.

– Qu'est-ce que tu fabriques ? dit Claire en rentrant de l'école.

– Je travaille, dit Rodrigue.

Il avait déjà un stock de planchettes minces, posées à côté de lui. Les planches épaisses lui donnaient plus de mal et il devait forcer sur les agrafes rouillées qui avaient pénétré profond dans le bois tendre.

– Quand on se pique avec un truc rouillé, dit Claire, on attrape le tétanos.

Rodrigue ne répondit pas. Il avait empoigné une scie égoïne et coupait une des planches épaisses à la dimension qu'il souhaitait. Puis, avec une lime, il fit disparaître toutes les épines et les échardes. Ensuite, il saisit une autre planche épaisse, qu'il avait gardée dans toute sa longueur, et il entreprit de la tailler en pointe avec un Opinel. Quand il eut terminé, il plaça la planche courte en travers de la planche longue.

– Pourquoi tu fais une croix ? dit Claire.

Rodrigue ne leva même pas la tête. Il fixait la croix à l'aide des agrafes récupérées.

– Tu vas la mettre sur la tombe de Balthazar ? dit Claire. Tu veux que je t'aide à écrire le nom ?

– Il n'y est pas, le chat, dit Rodrigue en haussant les épaules. On ne peut pas mettre de nom.

Il tira de sa poche un rouleau de fil de fer et entreprit de consolider la croix avant de la planter.

Il y a eu des bois.

Beaucoup d'arbres. Des fossés. Des chemins. Puis des champs. Avec des mulots. J'ai mangé des mulots.

Ensuite j'ai trouvé des maisons. Avec des rues et ces énormes boîtes que les humains laissent devant leur porte, la nuit. Des poubelles pleines. Ce qu'ils jettent. Même de la nourriture.

Je me rappelle une carcasse de poulet. Une carcasse entière. Pour moi tout seul. La nuit. Personne dans la rue. Juste cette carcasse de poulet et moi. Je n'en ai rien laissé. Ensuite, je suis allé dormir dans une cave.

La nuit suivante j'ai repris ma route. J'ai fouillé dans d'autres poubelles. Quand on cherche, on trouve. J'ai mangé.

Puis, de nouveau les prés, les chemins, les bois, les champs, les mulots, et d'autres maisons. C'est là que j'ai rencontré la vieille dame. Elle m'a surpris devant chez elle, un soir, et au lieu de me chasser elle m'a appelé.

Je n'ai pas répondu. Les pièges, je connais. Je me méfie. Je suis parti en courant.

Elle est rentrée chez elle, et elle est ressortie en portant une soucoupe. Elle l'a posée par terre. Elle a refermé sa porte.

J'ai attendu que la nuit tombe tout à fait. Qu'il

n'y ait aucun bruit. J'ai progressé à l'abri, sous les voitures arrêtées le long du trottoir. Je suis allé sentir l'assiette. Du lait. J'ai bu.

Après, j'ai filé. Je suis allé inspecter d'autres poubelles, dans d'autres rues. Pas trouvé grand-chose. Dormi sur le toit d'une cabane, dans un jardin.

Le matin, je suis retourné vers la vieille dame. Elle me guettait. Elle a sorti une nouvelle soucoupe. Avec de la viande coupée en morceaux.

J'ai attendu qu'elle soit rentrée chez elle pour aller manger.

J'ai fait un tour et je suis revenu. Pâtée. Je suis encore parti et je suis encore revenu. Viande. Et lait. Je suis parti et revenu. Pâtée de nouveau.

Cette fois, je n'ai pas attendu qu'elle referme sa porte. Elle m'a regardé manger.

Après quelques jours, je l'ai autorisée à s'approcher. Puis à rester à côté de moi pendant que je mangeais. Puis à me caresser.

Quand je me suis aperçu que je ronronnais sous la caresse, j'ai su que je ne craignais rien et que je pouvais m'installer chez elle.

Coussin sur une chaise à la cuisine. Soucoupe au pied de l'évier. Viande coupée ou viande hachée. Poisson parfois. Et, pour la sieste, ses genoux.

Elle passait sa main sur ma tête et elle parlait d'une voix douce. Elle semblait avoir pitié de moi. Ces choses-là se sentent, même si je ne comprends pas les mots.

Elle m'a installé chez elle. Dedans. Toutes les fenêtres fermées. Elle vivait seule. Elle voulait que je reste.

J'ai grossi. Retrouvé mes muscles. Mon poil brillant. Je me lavais beaucoup. J'aimais mon pelage et j'aimais sentir tous mes muscles tandis que je m'étirais. Je n'avais plus mal aux côtes ni au dos. Je me sentais bien et j'étais prêt à faire ce que j'avais décidé de faire.

– Écoute, Rodrigue, il faut qu'on parle. Il y a quelque chose qui ne va pas, ça se voit. Tes résultats scolaires, d'abord. Tu m'écoutes, Rodrigue ?

– Oui, papa.

– Passons sur les notes et les appréciations de

tes profs. Admettons qu'il s'agisse d'une mauvaise période. D'accord. Mais même quand tu es à la maison ça ne va plus. Tu ne parles presque plus, tu ne ris presque plus, tu t'enfermes dans ta chambre. Qu'est-ce qui t'arrive ?

— Rien du tout.

— C'est à cause de Balthazar ? Tu crois encore que c'est de ta faute s'il s'est enfui ? C'est idiot, on est tous responsables. À commencer par moi. Je n'aurais jamais dû démarrer sans avoir vérifié que le panier était là. Tu sais, quand j'y repense, je m'en veux.

— Ça change quoi ? Il est parti, point final. On l'a abandonné.

— Allons, c'est débrouillard, un chat. Il n'y a pas si longtemps, c'était encore un animal sauvage. Un chat dans la nature se tire toujours d'affaire.

— Je ne crois plus aux contes de fées, papa.

— Tu as tort. Qui te dit que Balthazar n'a pas été adopté par quelqu'un qui s'occupe maintenant de lui ? Il était si gentil qu'il a pu séduire une vieille dame, et maintenant, peut-être bien qu'il se la coule douce au milieu des coussins et des édredons.

J'ai attendu qu'elle me donne ma nourriture du soir. Viande fraîche et courgettes écrasées. J'ai fini l'assiette. Puis je suis allé vers la fenêtre qui donnait sur la rue. J'ai sauté sur le rebord. Et miaulé.

Elle est venue vers moi. M'a caressé. J'ai continué de miauler. Devant la fenêtre.

Elle m'a pris dans ses bras. M'a porté vers l'évier. M'a donné du lait. J'ai bu. Et je suis retourné vers la fenêtre. Demandant de sortir.

Elle a fini par m'emmener dans la chambre. M'a installé sur le lit. Caressé encore. Elle me parlait. Je comprenais ce qu'elle cherchait à me dire.

J'aurais bien voulu lui faire plaisir en restant avec elle. Je suis resté un bon moment sur le lit. Elle s'est couchée. Elle me parlait encore. Elle avait besoin que je reste. J'ai ronronné. J'ai dormi un peu.

Puis j'ai sauté par terre. Pattes de velours. Pas plus de bruit qu'une ombre. Je suis un chat et je sais me déplacer en silence. La fenêtre sur la cour était fermée. Celles qui donnaient sur la rue aussi. Dans la cuisine, une lucarne était entrebâillée. J'ai pris mon élan.

Elle m'a saisi au moment où je sautais.

Elle a claqué la lucarne. M'a grondé. M'a ramené dans la chambre, sur son lit.

Pendant tout le jour suivant, je n'ai pas demandé à sortir. Je surveillais. Je guettais les ouvertures.

Elle se méfiait.

Je n'étais pas pressé. Un jour ou l'autre elle oublierait. Je mangeais la viande, je buvais le lait, je scrutais les portes et les fenêtres. J'ai toujours su être patient.

J'ai trouvé l'occasion un soir où la vieille dame fermait les volets. J'étais caché sous un meuble, elle ne me surveillait pas, elle s'est étirée pour aller chercher le revers du volet. J'ai bondi.

La rue. Les voitures immobiles le long du trottoir. Des abris entre les roues. Odeurs de ville. Tout ce qu'on ne sent qu'au début de la nuit. Des humidités. Du sombre. J'ai détalé.

Elle a crié derrière moi. Lançant le nom qu'elle

65

m'avait donné. D'une voix fragile, avec des trem-
blements. Un cri comme une plainte. Du malheur
dans cette façon de crier. Presque des sanglots.

Je ne me suis pas retourné. Je suis un chat et
les chats ne se retournent pas quand ils font ce
qu'ils ont décidé.

Chapitre 5

– Je m'inquiète pour Rodrigue, dit la mère. Il n'arrive pas à se débarrasser de cette histoire de Balthazar. Il a un vrai chagrin. Un gros.

– J'avais remarqué, ma chérie. J'en ai parlé avec lui l'autre jour. Mais qu'est-ce que tu veux y faire ? Ça finira par passer.

– « Le temps finit toujours par guérir les douleurs », hein ? On dirait que tu parles à un enterrement.

– Tu as vu ce que Rodrigue a fabriqué dans le jardin ? Une tombe. C'est sa façon à lui d'essayer de régler cette histoire, on ne peut pas la régler à sa place.

– J'ai vu cette croix. Je trouve ça assez malsain.

– Moi aussi j'aurais préféré qu'il réagisse comme Claire. Elle réagit bien mieux que son frère.

– Tu veux dire qu'elle est moins sensible ?

– Je veux dire que Rodrigue est trop sensible. Ce n'est pas bon pour lui de ressasser cette histoire de Balthazar. Il faudrait trouver le moyen de lui changer les idées. Et si on prenait un petit chat ? Un tout petit ? Rodrigue oublierait vite son Balthazar.

– Je lui en ai parlé. Tu sais ce qu'il m'a répondu ? « Qu'est-ce qui se passera si Balthazar revient à la maison ? »

– Il en est là ? Il croit sérieusement que son chat peut revenir ? C'est plus grave que je ne pensais.

– Je me demande si on ne devrait pas l'emmener chez un médecin.

Chemins de terre.

Routes de macadam. Voitures qui roulent, phares qui éblouissent. Se méfier des phares. J'ai vu des chats écrasés. Je préfère les prés et les bois. Buissons. Arbres. Odeurs de terre et de feuilles. Pistes de rongeurs. Chasses dans la nuit. J'ai mangé des souris au ventre rebondi qui éclatait sous la dent.

Et puis encore des maisons. Plus loin. Des rues. La nuit, les lumières, pas d'humains. Je sais me nourrir dans une ville quand les rues sont vides.

J'ai flairé une poubelle. Du poisson sans doute. Odeur forte. J'ai sauté.

Je suis tombé sur le rat. Je ne l'avais pas senti. Un rat très long. Efflanqué. Les yeux rouges. Le poil hérissé. Plein de boue. Gluant. J'ai fait face. Il a renversé le cou, la gueule ouverte, pour me mordre par le côté. Je voyais sa langue.

J'ai sauté en arrière. Fouetté l'air de ma patte. Coup de griffes en râteau. Sur le nez. J'étais plus vif que lui. Le sang a perlé. Il a reculé, a secoué la tête, est revenu à la charge. Je ne m'y attendais pas. Pas assez de recul. Il a planté ses dents au milieu de mon ventre.

J'ai hurlé. Sauté hors de la poubelle.

Lui aussi. Voulait le corps à corps. Couinait. Montrait les dents.

Nouveau râteau de mes griffes, nouveau sang. Il fonçait toujours. Dressé, museau levé. Ses dents m'auraient percé la gorge. J'ai esquivé. Le tenais à distance. Son museau saignait, une de ses oreilles s'est déchirée.

Il a chargé. J'ai donné deux coups de patte très vite. Droite, gauche. Je visais les yeux. Labouré une de ses joues. Il a commencé à reculer.

Ne jamais attaquer un rat qui recule. J'aurais dû le savoir. J'ai attaqué.

Il a bondi d'un seul coup. Attaquant par-dessous. Crochant dans mon ventre. Griffes et dents. Roulant sur moi, avec moi. Tous les deux enchevêtrés. Basculant ensemble. Mordant ici, là. Cherchant le point faible. Le point doux. Je me suis contorsionné. Trouver son cou. Planter mes canines. Viser la chair tendre. Plonger mes dents jusqu'au sang.

Il a commis l'erreur de s'écarter un peu. J'ai senti son ventre sous mes pattes arrière. Je les ai détendues. Griffes en couteaux. De toute la force de mes reins, les deux pattes dans son ventre. Il a crié. A boulé plus loin. Blessé.

S'est redressé quand même pour attaquer encore.

Il avait le ventre ouvert. Déchiré. Des plaies profondes. Je l'ai laissé approcher. Il tremblait. J'ai giflé son museau d'un coup de patte. Visant l'œil.

Bien visé.

Il a poussé un cri aigu. A reculé. A tourné le dos. J'aurais pu lui briser la nuque d'un seul saut.

Pas la force de sauter. Pas même la force de rester debout. Je l'ai regardé s'en aller. Il laissait une traînée de sang sur le trottoir. Tout ce qui resterait de lui.

J'ai attendu avant de me traîner jusqu'au pied d'un mur. Je voulais l'ombre. L'obscurité. Les chats cherchent toujours un coin noir et retiré pour mourir.

Journal de Claire :

Cher cahier, ça y est, Dorothée a réussi à faire pleurer Rodrigue. Je la déteste. Jamais je n'aurais dû lui raconter l'histoire avec Balthazar. Elle en a profité pour asticoter Rodrigue en classe. Elle s'est moquée de lui devant ses copains et encore à l'intercours. Elle prenait ses airs de mijaurée avec la bouche en cul de poule et les seins pointés en avant. Sous prétexte qu'elle a tanné sa mère pour se faire payer un soutien-gorge qui lui remonte la poitrine jusque sous le menton. Elle pense que tous les garçons de terminale sont fous d'elle. Les autres, elle les traite de petits garçons.

C'est ce qu'elle a dit à Rodrigue. Il aurait dû lui casser la figure. Cher cahier, je jure de ne plus jamais adresser la parole à cette cinglée de Dorothée. Et d'abord elle pue avec le parfum qu'elle pique à sa mère. Je n'ai plus rien à faire avec une fille comme elle. J'aurais dû lui dire qu'en réalité on avait donné Balthazar à une dame et qu'il se porte très bien.

Bien plus tard j'ai vomi.

Mal au ventre. Envie de ne plus bouger. Plus jamais. Vomi encore. Je ne savais pas où j'étais. Fermé les yeux. Soif. Très mal au ventre. Basculé dans la nuit.

Léché. Morsures. Sang. Pus.

Rien mangé. Plus de forces. Me traînant d'une cachette à l'autre. Toujours l'envie de vomir. Faible.

Plaies au ventre. Ne se ferment pas. Plaies sur les pattes. Sales. Sentent mauvais. Collantes. Ai léché. Nettoyé.

Les dents du rat.

Aurais voulu du lait.

Dormi.

— Mais non, madame, il n'a rien du tout, votre Rodrigue. Tous les examens sont normaux, rassurez-vous. Tout au plus une poussée de croissance. C'est difficile, la préadolescence. C'est plus spectaculaire chez les filles, bien sûr, vous devez le constater avec sa sœur, mais on aurait tort d'imaginer qu'il ne se passe rien chez les garçons. La puberté est un âge difficile, propice aux crises. Un prétexte suffit. Comme un chagrin, dites-vous ? Un chat qui a disparu ? C'est tout à fait possible, je veux dire comme déclencheur. C'est l'affaire de quelques semaines, ne vous inquiétez pas. En attendant, je vais lui prescrire un fortifiant léger. De quoi lui redonner du tonus. Il pratique un sport ? Ce serait bien s'il en pratiquait un. Bon, si jamais les symptômes duraient, on aviserait. Vous me tenez au courant ?

Trouvé refuge dans une cave. Tout en haut d'un meuble, sur un chiffon. Bon emplacement. Aucun rat n'y grimperait.

Poussière, moisi. Odeurs sourdes et grasses. Souris pas loin. Et moineaux aperçus par le soupirail.

Souris, moineaux : j'ai donc faim.

J'attends encore. Lèche mes blessures. Dors. Lèche encore mes blessures. Ma salive nettoie les plaies.

Une nuit, je sors. Je suis faible. Je croise des chats. Je m'arrête. Ils me regardent, fuient. Je dois être effrayant.

Dans un jardin, j'attrape une souris. Au matin, un moineau. Je sais que cette fois-ci j'irai jusqu'au bout.

J'ai décidé de partir. Rues, maisons, jardins, fourrés, prés, routes, forêts, maisons, rues, jardins, routes, champs, bois. J'ai marché.

Mangé un lapin. Des oiseaux. Des restes dans les boîtes de déchets, la nuit. Je me méfie des rats.

Attrapé une pie. Plus grosse que moi. Mais je suis à présent un chasseur. Je sais tuer ce qu'il me faut.

Je n'ai plus peur.

Mon poil ne brille plus. Mes muscles sont durs. Je suis maigre. Je ne fais pas plus de bruit qu'une ombre quand je chasse.

Lorsque je m'arrête de marcher, je lèche mes anciennes plaies. Les nouvelles aussi. Au ventre, à l'oreille, sur une babine, sur une cuisse, sur une patte avant. Elles se ferment peu à peu. J'aimerais avoir du lait. Et dormir sur un lit.

Je me méfie de tout. Je marche. Je sais où je vais. Mes coussinets sont secs et rêches. J'avance.

– Attends, dit Rodrigue à Fabien, il faut faire les poteaux si tu veux que je te tire des buts.

– On n'a qu'à mettre nos tee-shirts pour marquer les cages.

– Et tu plongeras torse nu ? Il y a de la terre et des cailloux, au bord de la haie.

— Si on prenait ce bout de bois ? dit Fabien en désignant la croix de bois qui penchait sur le côté.

— D'accord, dit Rodrigue après une hésitation. Si on cherche bien il doit traîner d'autres bouts de bois dans le coin, j'ai démoli une cagette l'autre jour.

— Pour cette croix ? Tu as enterré qui ?

— Laisse tomber, dit Rodrigue. C'est une vieille histoire.

Il arracha lui-même la croix pendant que Fabien récoltait sous la haie les planchettes qui allaient servir à figurer les cages.

Je sais où je vais.

Et je sais que je m'approche.

La maison, là-bas. Le bruit des voix. Cette façon qu'elles ont de résonner contre le mur du jardin. Ces sonorités chaudes. Et l'odeur de la cabane en planches, au fond. D'ici, je la sens.

Rien n'a changé.

Je m'avance. On crie dans le jardin. Sans importance. Je n'ai plus rien à craindre. Je marche sur l'herbe coupée.

La fenêtre est ouverte. Celle de la cuisine. Je saute. Pas d'assiette pour moi. Elle était toujours là, pourtant. Juste au pied de l'évier. Avec de la viande. Je miaule. J'appelle. Ils ne vont quand même pas oublier de me nourrir. Je miaule plus fort. Et encore plus fort. J'appelle.

Jusqu'à ce que Rodrigue arrive.

Il n'a pas changé.

Jean-Noël Blanc

L'auteur

Jean-Noël Blanc est né en 1945. Après un doctorat de socio-
logie à Lyon, il devient sociologue spécialisé dans l'architecture et l'urbanisme et enseigne entre autres dans différentes
écoles d'architecture. Il commence alors à écrire et publie
des ouvrages savants mais aussi des romans pour adultes et
pour la jeunesse ainsi que des recueils de nouvelles. Plusieurs d'entre elles ont été reprises dans des recueils, des
anthologies ou dans des manuels scolaires et ont été récom-
pensées par plusieurs prix. Aujourd'hui à la retraite, il prend
le temps, dit-il, « de travailler sérieusement ». Et il se délasse
de ses travaux d'écriture « en caressant ses chats, ou en des-
sinant, ou encore en se fatiguant sur son vélo selon la douce
manie des cyclistes du dimanche ». Il est aussi l'auteur de
Tête de moi paru dans la collection Scripto.

Jean-Claude Götting

L'illustrateur

Jean-Claude Götting est né à Paris en 1963. Après avoir étudié à l'école Duperré, il réalise ses premières bandes dessinées, puis se consacre à l'illustration de presse et d'édition. *Crève-cœur*, sa première bande dessinée, reçoit le prix du meilleur album à Angoulême en 1986. En 2004, il renoue avec le genre : *La Malle Sanderson* (Delcourt) est nommée à Angoulême, Tours, Monaco et récompensée à Genève.

Il a illustré de nombreuses couvertures pour la collection Folio Junior et notamment celles de la saga *Harry Potter*. Il a également illustré un album de Jean-Philippe Arrou-Vignod, *Le Prince sauvage et la renarde*.

Le papier de cet ouvrage est composé de fibres naturelles, renouvelables, recyclables et fabriquées à partir de bois provenant de forêts gérées durablement.

Mise en pages : Chita Lévy

Loi n° 49-956 du 16 juillet 1949
sur les publications destinées à la jeunesse
ISBN : 978-2-07-061718-0
Numéro d'édition : 364429
Premier dépôt légal dans la même collection : juin 2002
Dépôt légal : janvier 2020

Imprimé en Espagne chez Novoprint (Barcelone)